199

Les Éditions du Boréal
4447, rue Saint-Denis
Montréal (Québec) H2J 2L2
www.editionsboreal.qc.ca

Hugo et les Zloucs

DU MÊME AUTEUR

Le Message du biscuit chinois, Boréal, 1998.

Andrée-Anne Gratton

Hugo et les Zloucs

illustrations de Christian Daigle

N. R

Boréal

Les Éditions du Boréal remercient le Conseil des Arts du Canada
ainsi que le ministère du Patrimoine canadien et la SODEC
pour leur soutien financier.

© 2000 Les Éditions du Boréal
Dépôt légal : 1er trimestre 2000
Bibliothèque nationale du Québec

Diffusion au Canada : Dimedia
Distribution et diffusion en Europe : Les Éditions du Seuil

Données de catalogage avant publication (Canada)

    Gratton, Andrée-Anne, 1956-

    Hugo et les Zloucs

    (Boréal Junior ; 65)

    Pour les jeunes de 10 à 12 ans.

    ISBN 2-7646-0029-1

    I. Daigle, Christian, 1968- . II. Titre. III. Collection.

PS8563.R379H83   2000   jC843'.54   C00-940011-7
PS9563.R379H83   2000
PZ23.G72Hu   2000

À ma fougueuse Jeanne

I

DEUX POLICIERS, UN DISPARU

Il y a beaucoup de monde dans le salon des Dansereau. Mes parents et ceux d'Octave sont installés côte à côte sur le sofa. Assis dans un fauteuil, Nicolas, le frère d'Octave, regarde par la fenêtre. Monsieur Bélanger, le directeur de notre école, se promène de long en large en se pinçant le menton. Il y a aussi un policier et une policière qui se tiennent debout, chacun un carnet à la main.

Et moi, je leur répète pour la troisième fois :

— Mais puisque je vous dis que c'est impossible !

— Comment t'appelles-tu, mon garçon ? me demande le policier.

— Hugo Pelletier.

— Hugo, je crois qu'il y a assez de grandes personnes dans cette pièce pour discuter de cette affaire, me dit le policier avec le sourire des grandes personnes qui se croient TRÈS SUPÉRIEURES aux enfants.

— Mais, moi…

— Hugo, arrête ! ordonne mon père.

Betterave marinée ! Ils se trompent ! Moi, je sais que ce n'est pas ça. Octave ne s'est pas enfui. Octave est bien trop peureux pour faire une fugue. IMPOSSIBLE ! Mais ils ne veulent pas m'écouter. On sait bien, je ne suis qu'un petit garçon de dix ans.

Octave, c'est mon meilleur ami. C'est moi qui le connais mieux que personne. Je le connais même plus que ses parents. Parce que des parents, ça ne sait pas tout. Non ! Les parents ignorent nos secrets

d'ami. Octave et moi, on a plein de secrets d'ami. Si Octave avait décidé de faire une fugue, je le saurais. Comme la fois où moi j'ai fait une fugue et que je l'avais averti avant.

Les pleurs de Juliette Dansereau, la mère d'Octave, me sortent de ma rêverie.

— Vous comprenez… snif, snif… quand Hugo a fait sa fugue, l'année dernière… snif, snif… cela a bien impressionné mon petit trésor chéri… snif, snif…

Ah, non! Ils ne vont pas me la reprocher toute ma vie, cette fugue-là!

— Est-ce qu'il s'est passé quelque chose de spécial, ce matin, à la maison? demande la policière à la mère d'Octave.

— Non, pas vraiment… snif, snif… C'était un matin comme les autres. Je devais pousser Octave dans le dos pour qu'il se lève, qu'il déjeune, qu'il se brosse les dents, qu'il s'habille… snif, snif… avec autre chose que son vieux pantalon troué aux genoux…

— Bon, bon. Et vous, monsieur Bélanger, avez-vous remarqué un quelconque incident à l'école ?

Monsieur Bélanger cesse enfin de marcher. Droit comme une statue, il regarde le policier comme s'il venait de l'accuser injustement d'une faute grave.

— Mais bien sûr que non. Je vous l'aurais déjà dit, répond-il avant d'arpenter de nouveau le salon des Dansereau.

Le policier, qui pense que les grandes personnes sont bien intelligentes, s'éclaircit la gorge tout en tournant les pages de son calepin noir.

— Bon, récapitulons ! Octave a été vu pour la dernière fois à la sortie de l'école, aujourd'hui, le jeudi 2 juin, à trois heures et demie. Il a quitté la cour à pied en même temps que les autres écoliers. Son meilleur ami est parti de son côté, à bicyclette…

J'interromps le policier :

— Si Octave avait pris son vélo comme d'habitude, aussi…

Le policier lève les yeux de son calepin. Juste les yeux. Aïe ! Deux pistolets ! J'en avale ma gomme à mâcher d'un coup sec. Décidément, il n'a pas l'air de m'aimer, celui-là.

— Je continue, dit-il avant de ramener son regard sur ses notes. Selon les témoins, Octave a pris le chemin de la maison. À cinq heures de l'après-midi, ses parents signalent sa disparition au poste de police numéro 5. Il est maintenant six heures et personne n'a eu de nouvelles du garçon depuis sa sortie de l'école.

D'un mouvement sec de la main, le policier referme son calepin.

— Vous savez, on en voit souvent des cas comme celui de votre fils. À cet âge-là, les jeunes sont étourdis. Ils s'arrêtent à des jeux d'arcade et oublient que le temps passe. Puis, quand ils se rendent compte qu'il est tard, ils trouvent ça drôle d'énerver leurs parents.

Juliette Dansereau continue à pleurer,

malgré le réconfort qu'essaie de lui apporter son mari Louis-Charles.

— Si je n'avais pas tant insisté… snif, snif… pour ses céréales… snif, snif… pour ses dents… snif, snif… pour son pantalon troué… snif, snif…

II

PAS D'APPÉTIT

— Maman, papa, il faut aller à la recherche d'Octave.

— Non, non et non, répond mon père. Tu as compris ce que les policiers ont dit ? Toute l'équipe du poste numéro 5 est à la recherche d'Octave. Quant à nous, mieux vaut rester ici au cas où Octave tenterait de nous joindre. De toute façon, ses parents vont sûrement s'en occuper.

— Ses parents ? Ben voyons, sa mère pleure tout le temps !

— C'est normal, Hugo. Elle est très inquiète, explique ma mère.

Moi, ça m'a toujours fait rire de voir la

mère d'Octave pleurer tout le temps. Elle pleure quand il y a un orage parce qu'elle en a peur. Elle pleure quand elle vient assister à une pièce de théâtre à l'école parce qu'elle trouve ça beau. Elle pleure quand elle écoute *La Petite Vie* parce qu'elle rit trop. Mais je ne l'avais jamais vue pleurer autant que cet après-midi.

— Vous m'avez toujours dit qu'il ne fallait pas laisser tomber ses amis.

— Aujourd'hui, ce n'est pas pareil. Garde ta salive, car tu ne réussiras pas à nous convaincre, tranche mon père.

— Mais papa !

— Il n'y a pas de *mais papa.* Tu dois souper et faire tes devoirs comme d'habitude.

Betterave marinée ! Mes parents sont toujours des monstres d'incompréhension ! Comment croient-ils que je peux faire mes devoirs quand je pense tout le temps à Octave ?

Qu'est-ce qui a bien pu lui arriver ?

Il s'est peut-être perdu. Octave est distrait, des fois. Peut-être qu'il regardait les vitrines des magasins et ne savait plus où il était rendu.

Ou alors, il s'est arrêté pour manger un gâteau au restaurant. Et puis, après, il a peut-être eu mal au cœur et est allé aux toilettes et…

Ou peut-être qu'il s'est bagarré avec la bande à Charrette…

Ou peut-être qu'on l'a enlevé… Aaaaaaaaaaah !

— Hugo !

Mon père ouvre la porte de ma chambre en catastrophe.

— Hugo ! Ça fait dix fois que je t'appelle ! Viens manger !

Ils sont bizarres, les parents. Mon meilleur ami a disparu et eux, ils sont quand même capables de manger. Pas moi. C'est comme si j'essayais d'avaler une brique.

— Force-toi un peu, dit ma mère. Je

sais que c'est difficile pour toi, mais on ne le retrouvera pas plus vite si tu refuses de manger.

— Ce n'est pas que je refuse de manger, c'est juste que ça ne passe pas.

J'ai un plan en tête. Je crois que c'est le temps d'en parler.

— Je vais manger à une condition.

— Tu sais que je n'aime pas ce petit jeu-là, rétorque aussitôt ma mère.

— C'est pas un jeu, c'est juste UNE condition.

— Essaie toujours. C'est quoi, ta condition ?

— Je vous promets de tout manger mon souper, même mes pois chiches, si vous me laissez aller à la recherche d'Octave après le souper.

BONG !

Ça, c'est le bruit d'une bouteille de ketchup qui vient d'être déposée sur la table par une main de mauvaise humeur.

— Enlève-toi cette idée de la tête tout

de suite, dit mon père, tout en gardant la main sur la bouteille de ketchup.

— Pourquoi?

— Premièrement, si Octave a fait une fugue, je n'ai pas envie que tu ailles le rejoindre. Et si…

Mon père a cessé brusquement de parler.

— Si?

Il se mordille les lèvres. Habituellement, c'est mauvais signe.

— Tu sais, Hugo, poursuit-il sur un ton adouci, ton ami a pu avoir un accident ou rencontrer des malfaiteurs.

— Mais moi, je n'ai pas peur des malfaiteurs.

— Dans un cas comme dans l'autre, c'est l'affaire de la police. Toi, je te le répète, tu ne t'en mêles pas.

Je retourne dans ma chambre tout de suite après le souper que je n'ai pas mangé. Je m'étends sur mon lit, je prends Grognon et le catapulte à l'autre bout de la pièce.

Grognon, c'est mon vieil ourson tout usé et tout mou. La plupart du temps, je lui parle comme à un ami, mais parfois, je m'en sers pour me défouler. En tout cas, j'ai toujours l'impression qu'il me regarde avec l'air de dire : « Ne te gêne pas, je suis là pour ça ! »

III

ALLÔ... ALLÔ...

Je me suis endormi tout habillé. Mes parents m'ont laissé dormir comme ça toute la nuit.

Aussitôt les yeux ouverts, je me rappelle ce qui s'est passé la veille. Je saute sur mes deux pieds. Je cours à la recherche de mes parents dans la maison. Je fonce sur mon père qui sort de la salle de bains, une serviette enroulée autour de la taille. Du coup, sa serviette tombe par terre.

— Papa, est-ce qu'Octave est revenu ?

— Je ne sais pas, Hugo. Je n'ai pas eu de nouvelles.

— Je peux appeler chez lui ?

Avant que mon père n'ait eu le temps de répondre, le téléphone sonne. Il se précipite :

— Allô!… Allô!…. ALLÔ!

BANG !

Il raccroche, de mauvaise humeur.

— Ah, ces joueurs de tours ! marmonne-t-il.

Une minute plus tard, le téléphone sonne de nouveau. Cette fois, c'est moi qui suis près de l'appareil.

— Allô !… Allô !

Je m'attends à ce que ce soit encore un joueur de tours, mais après mon deuxième « allô », la voix d'Octave me surprend.

— Hugo, ne dis surtout pas que c'est moi au téléphone.

— Hein ?

— Dis pas que c'est moi. Fais semblant que c'est quelqu'un d'autre. Je suis pas censé t'appeler.

La voix de mon ami est tremblotante. Moi, mon cœur bat super vite.

— Vas-y, parle. Où es-tu ? Est-ce que ça va ?

— Hugo, je suis revenu, mais il faut que tu m'aides !

— Hein ? Qu'est-ce que tu racontes ? T'es chez toi ?

— Écoute, j'ai pas beaucoup de temps. Je suis rentré hier soir à neuf heures. Chez nous, c'était le drame. Un peu plus et mes parents m'envoyaient dormir au poste de police. En tout cas, là, je suis en pénitence dans ma chambre. J'ai surtout pas le droit de te voir mais il faut ABSOLUMENT que je te voie.

Betterave marinée ! Octave semble tellement bizarre !

— Mais où étais-tu, hier ? Pourquoi t'as pas le droit de me voir ?

— Je peux pas te répondre tout de suite. Faut que je raccroche, j'entends mon père monter l'escalier. Débrouille-toi pour venir me voir en cachette.

CLIC !

DRRRING !

J'ai à peine déposé le téléphone qu'il sonne de nouveau. Je réponds immédiatement :

— Allô, c'est moi !

— Heureuse de te l'entendre dire, rétorque sèchement Juliette Dansereau. Passe-moi ton père.

Ouf ! Une chance que je n'ai pas trop parlé. Dans le fond, elle est plus sympathique quand elle pleure.

Je reste planté à côté de mon père pendant qu'il discute avec la mère d'Octave. Lorsqu'il a terminé, il me dit :

— Bon, la bonne nouvelle, c'est qu'Octave est revenu sain et sauf. La mauvaise nouvelle, c'est qu'il refuse de dire où il était. Est-ce que tu le sais, toi ?

— Euh… non.

Mon père me regarde les yeux plissés, comme s'il essayait de lire dans mes pensées. Alors, en prenant un ton très convaincant, j'ajoute :

— Non, je te le jure.

Il faut toujours que je jure avec mes parents, sinon ils ne me croient pas.

— En tout cas, ce sera la réclusion pour Octave tant qu'il n'aura pas parlé. Ses parents iront le reconduire à l'école et le chercher dès la fin de la classe. Et ils demanderont à la direction de l'école de placer Octave dans un autre groupe et de vous séparer pendant les récréations.

— J'ai rien fait, moi ! C'est pas juste !

— Et s'il n'a pas parlé d'ici la fin de semaine, il regardera les quatre murs de sa chambre pendant deux jours.

Betterave marinée ! Les parents d'Octave sont devenus aussi débilo-sévères que les miens !

IV

TOMBÉ SUR LE COCO !

Les professeurs, le directeur et les surveillants avaient oublié une chose. En rentrant de la cour avant le début des classes, on doit aller porter notre casquette à notre case. C'est là que j'ai rencontré Octave, vendredi matin. On savait qu'on n'avait pas le temps de se parler, alors on a convenu d'une chose. On a synchronisé nos montres. On s'est dit qu'à neuf heures quarante-cinq exactement, chacun demanderait à son professeur la permission d'aller aux toilettes. Comme ils nous ont mis dans des classes différentes, les professeurs n'y verront que du feu.

À l'heure dite, on s'est rencontrés comme prévu.

— Hugo, promets-moi que tu ne raconteras à personne ce que je vais te dire.

— Promis.

— Juré?

— Juré.

— Crache!

— Ah! Ça suffit! Tu ne me fais plus confiance, maintenant?

— O.K. C'est parce qu'il m'est arrivé quelque chose de vraiment incroyable.

Est-ce qu'il va me faire attendre encore longtemps?

— Tu sais, Octave, j'en ai vu d'autres…

— Alors, écoute ça. Hier, après l'école, j'ai pris le même chemin que d'habitude, sauf…

— Sauf quoi?

— Sauf que j'ai fait une rencontre… euh… spéciale.

— Mais où étais-tu?

Octave prend un ton de grande confidence.

— J'ai failli aller dans l'espace.

— Quel espace ?

— L'espace, me répond simplement Octave.

Puis, devant mon air impatient, il ajoute :

— L'espace en haut.

Je pousse un soupir car je suis vraiment impatient, je n'en ai pas juste l'air.

— Il faut vraiment que je t'arrache les mots au compte-gouttes ! On ne peut pas rester ici toute la journée. Aboutis ! En haut de quoi ? D'une maison ?

Alors Octave pointe vers le ciel et dit :

— En haut de la Terre, là ! L'espace, le vrai espace, l'espace des cosmonautes !

Je dévisage mon ami comme si je venais de recevoir une noix de coco sur la tête. En fait, je crois que c'est Octave qui est tombé sur le coco ! Je l'observe. Il semble pourtant sain d'esprit. Et tout à coup, je comprends.

J'éclate de rire. Je suis plié en deux. Je me tiens les côtes, car ça me fait mal, tellement je ris. Octave m'a bien eu. Il est si sérieux d'habitude. Il ne m'avait jamais autant fait rire.

— Pendant quelques secondes, je t'ai cru, Octave. Je pensais que t'étais tombé sur la tête !

Mais Octave demeure sérieux. Très sérieux, même.

— Allez, Octave ! Tu me fais marcher, hein ?

— Non, vraiment pas ! me crie Octave, choqué. C'est vrai !

Il paraît tellement désespéré que, du coup, je me calme. Pauvre Octave ! Il semble au bord des larmes.

— Si toi, tu ne me crois pas, me dit-il, la tête inclinée vers son nombril, qui va me croire ?

— Bon, Octave, comment serais-tu allé dans l'espace ?

— Dans une caravane qui a l'air d'une

vraie caravane, mais qui est, en fait, un engin interplanétaire conduit par trois extraterrestres, répond mon ami.

Là, ça tourne vite dans ma tête. Octave, mon fidèle ami qui ne ment jamais, me dit qu'il a rencontré des extraterrestres. Et plus je me tords de rire, plus il s'attriste. Octave ne pourrait pas jouer la comédie à ce point-là. C'est donc vrai, ce qu'il me raconte ?

— Et elle était où, cette caravane ?

— Tu sais, quand on passe devant la pharmacie, on peut continuer tout droit ou prendre le raccourci par la rue Ranger et ensuite par le parc.

— Hum, hum.

— Hier, comme j'étais à pied, j'ai choisi le raccourci. Et dans la rue, il y avait une caravane. Elle n'était pas attachée à une auto. Quand je suis passé à côté, trois bizarroïdes en sont sortis.

— Est-ce qu'ils faisaient peur ? Est-ce qu'ils ont des antennes ? Trois yeux ?

— Non, non, ils m'ont paru normaux. Je veux dire qu'ils n'avaient pas l'air des monstres. Et les trois sont identiques.

— Comme des jumeaux ?

— Mais non, les jumeaux sont seulement deux ! Trois pareils, t'as déjà vu ça, toi ?

— Euh…non…

— Même visage, mêmes vêtements. Il n'y a que leurs cheveux qui ne sont pas de la même couleur. Le premier a les cheveux orange, le deuxième, les cheveux mauves et le troisième, verts. Et puis, tu sais quoi ? Leurs sourcils sont de la même couleur que leurs cheveux !

— Comment sont-ils habillés ?

— Leurs vêtements ressemblent à des habits de soccer. Ils ont un numéro dans le dos, le tissu est rouge brillant et, devant, il y a une espèce de planète qui ne ressemble pas à la Terre. Ils sont pieds nus, mais sur le dessus de leurs pieds il y a un cercle rouge, très très rouge.

— Puis leur visage, il ressemble à quoi ?

— Euh… ordinaire.

— Alors, pourquoi tu dis que c'est des extraterrestres ?

— Parce qu'ils me l'ont dit !

Je n'en reviens pas. Octave est vraiment naïf ! Trois inconnus lui disent qu'ils sont des extraterrestres et il les croit !

— Betterave marinée, Octave ! D'habitude, c'est moi qui exagère ! T'as pas cru ça, quand même ?

Il retrouve ses yeux tristes.

— C'est pas seulement ce qu'ils ont dit, c'est… c'est… je ne sais pas. Et puis, tu devrais les entendre parler, ils disent toujours « bip-bip » !

— Pourquoi t'es revenu si tard ?

— Oh, je n'ai pas vu le temps passer. Ils m'ont fait écouter de la musique vraiment bizarre. Puis comme ils avaient peur de se montrer dehors, je suis allé leur acheter de la pizza pour souper.

— Ils avaient de quoi payer ?

— Non, j'ai pris mon argent de poche.

Il se tait, mais ses grands yeux me fixent et semblent dire qu'il veut encore parler. Mais il ne trouve plus les mots. Moi, je suis en train de digérer toute cette histoire. Octave brise finalement le silence.

— Hugo, je leur ai promis quelque chose. Il faut que tu y ailles à ma place.

— QUOI ?

— Mes parents vont me suivre à la trace, comme des détectives privés. Je ne veux pas leur dévoiler mon secret. Surtout que ça pourrait être dangereux pour Zim, Zouc et Zac.

— Zoum… Zip… Zam… c'est quoi, ça ?

— Z-I-M, Z-O-U-C et Z-A-C, c'est les noms des extraterrestres. Ils viennent de la planète Zilouc. Si on révèle leur existence à qui que ce soit, la caravane pourrait être pulvérisée ! Parce qu'en fait, c'est leur vaisseau spatial. Et il est équipé pour détecter les ondes négatives des humains qui voudraient l'attaquer.

— Qu'est-ce que t'as promis à tes… à tes… à tes Zloucs?

Octave me jette un regard exaspéré. Moi, je trouve que Zloucs est un nom qui fait très extraterrestre! C'est plus facile à se rappeler que Zoup, Zic, Zam… euh, non… Zoul, Zip, Zal… euh… Zut!

— Des *Nerds*.

— Hein?

— Ben oui, je leur ai promis une boîte de *Nerds*. J'étais allé m'en acheter à la pharmacie et ils m'ont vu manger ces bonbonslà. Ça les a intrigués. Zim m'a demandé de lui en apporter pour les soumettre à leur analyseur de bonbons terrestres.

— Un quoi?

— Un analyseur de bonbons terrestres. C'est comme ça qu'ils ont appelé une machine qu'ils ont dans leur caravane. Ça ressemble à un four à gaufres. Mais il est tout argenté et il y a des antennes dessus.

Oh, là, là ! Je commence à avoir mal à la tête !

— Vite, retournons en classe avant que les profs ne se doutent de quelque chose, dit Octave.

V

BONBONS, BONBONS, BIP-BIP...

Octave m'a donné de l'argent pour que j'achète deux boîtes de *Nerds*. Une boîte pour les Zloucs, une boîte pour moi. C'est un cadeau pour me convaincre d'aller à la caravane. J'ai hâte de voir de mes propres yeux l'engin interplanétaire.

Après l'école, je vais à la pharmacie acheter les bonbons. Puis, je marche vers la rue Ranger. De loin, je vois la caravane. Ça n'a rien d'un vaisseau spatial. Aucune fumée n'en sort, aucune lumière qui clignote, aucun son bizarre. Je frappe à la porte.

Un grand... euh... un grand... Zlouc

ouvre la porte. C'est celui aux cheveux mauves.

— Oui ?

— Je suis un ami d'Octave. Il m'envoie vous porter ça.

Je tends la boîte de *Nerds*. Le Zlouc me fait signe d'entrer. Il referme rapidement la porte. Les trois sont tels qu'Octave me les a décrits. Ils sont plus grands que je ne l'imaginais, et plus jeunes aussi. Ils ont l'air d'avoir 14 ou 15 ans.

— Pourquoi Octave pas venu, bip-bip ? demande le Zlouc aux cheveux orange.

— Il est en pénitence. Il n'a pas le droit de sortir de sa chambre.

Les trois se regardent.

— Octave a dit, bip-bip, qui nous être ?

Les Zloucs parlent du nez sur un ton saccadé, un peu comme des robots.

— Euh… un peu.

— Bip-bip, je présente nous : Zim,

Zouc, Zac. Nous être de passage sur Terre pour découvrir autres bipèdes vivants, bip-bip.

— Je me présente : Hugo. Suis en permanence sur Terre, et de temps en temps dans la Lune.

— Toi, comique, bip-bip. Octave parlé de nous à quelqu'un d'autre, bip-bip ?

— Octave, c'est pas un porte-panier. Il m'a demandé de venir vous voir parce que je suis son meilleur ami.

Je jette un coup d'œil autour de moi. Il n'y a rien qui ressemble à des commandes pouvant envoyer cette caravane-là dans l'espace. De chaque côté d'un couloir central, il y a des banquettes recouvertes d'un tissu à carreaux verts et bruns. Ouache ! Les extraterrestres n'ont pas de goût ! Sur un comptoir en acier, je reconnais l'analyseur de bonbons terrestres. Il y a un autre appareil à côté qui est muni d'antennes, lui aussi. Au fond, plusieurs baladeurs sont éparpillés sur une table.

— Combien de temps ça prend pour aller sur votre planète ?

— Ça, secret. Commandant à nous, bip-bip, interdit révéler secrets de planète Zilouc, bip-bip.

— Ah, bon… euh… êtes-vous trois frères ou est-ce que tous les habitants de votre planète ont le même visage ?

Les trois émettent une série de bip-bip avant que Zac ne se décide à dire :

— Information très confidentielle, bip-bip. Mais nous te dire pour prouver amitié. Nous, bip-bip, là-bas, tous pareils.

Je tourne la tête dans tous les sens. D'un geste du bras, je montre ce qui m'entoure.

— Avec quoi vous conduisez votre engin interplanétaire ?

— Toi poser beaucoup questions, bip-bip. Nous avoir ordinateur superpuissant.

Du doigt, il me désigne un ordinateur portable sur la table.

— Oh ! Je peux voir ?

— Bip-bip, bip-bip, bip-bip, danger, danger !

Les trois me bloquent le passage et agitent leurs bras dans les airs.

Tout à coup, je me rends compte que je suis peut-être vraiment en présence de trois extraterrestres. Betterave marinée ! Octave et moi, nous serons les héros de l'an 2000 ! Les premiers êtres humains à avoir rencontré des extraterrestres ! Wow !

— Euh…vous pourriez m'amener faire un tour dans l'espace ?

— Peut-être, bip-bip. Si toi bon avec nous, bip-bip, nous amener toi voir espace.

— Yé !

— Toi, revenir bientôt, bip-bip ? demandent en chœur Zim, Zouc et Zac.

— Je peux venir demain !

— Euh… demain non, bip-bip, nous aller observer autres planètes.

— Alors lundi, après l'école ?

— C'est quoi, école, bip-bip ?

— Oh, c'est un grand édifice où on apprend à devenir de grandes personnes. Mais ça prend beaucoup, beaucoup de temps. Moi, je pense que si les professeurs cessaient de répéter toujours la même chose, on sortirait peut-être de là plus vite.

— Sur planète Zilouc, pas école, bip-bip. Nous tout savoir quand venir au monde, bip-bip.

— Betterave marinée ! C'est super, ça ! Si vous saviez tout ce que vous évitez ! L'école, c'est de la vraie torture de cerveaux !

Je sors de la caravane et reviens chez moi en courant. Je me sens comme si j'étais l'être le plus important au monde.

Aussitôt que j'arrive à la maison, je m'empare du téléphone. Je m'assure que mes parents ne rôdent pas et que j'aurai le champ libre pour parler. J'espère qu'Octave répondra lui-même au téléphone. Sinon, je devrai raccrocher.

Oh, non! C'est la mère d'Octave. BING! Je raccroche.

J'attends environ dix minutes et je tente de nouveau ma chance.

— Allô… Allô !

C'est encore Juliette Dansereau. Je raccroche tellement fort que son tympan a dû vibrer comme un marteau-pilon.

Cinq minutes plus tard, le téléphone sonne. Je me jette sur l'appareil, comme si j'avais une bombe à désamorcer. La bombe Octave s'empresse de me dire :

— C'est toi qui as appelé deux fois ?

— Oui, il faut que je te parle.

— Fais ça vite, sinon je vais me faire pincer !

— Je pense que t'avais raison. Je pense que c'est vraiment des extraterrestres.

— Je te l'avais dit, hein ! s'exclame Octave tout heureux de savoir que j'ai accompli ma mission.

— Ils veulent que j'y retourne lundi. Qu'est-ce qu'on fait, maintenant ?

— Retourne les voir lundi, comme ils te l'ont demandé. Et essaie d'en apprendre plus.

— Facile à dire. La seule chose que j'ai réussi à apprendre, c'est qu'ils sont tous pareils sur leur planète.

— Oups ! Il faut que je raccroche, chuchote très vite Octave.

CLIC !

Ce soir-là, au souper, mon père me bombarde de questions : est-ce que j'ai vu Octave aujourd'hui, est-ce que je lui ai parlé, est-ce qu'il m'a dit où il était allé, est-ce qu'il a la même allure que d'habitude… Après avoir répondu presque toujours avec franchise, je me suis mis à poser des questions, moi aussi.

— Papa, est-ce que ça existe pour vrai, des extraterrestres ?

Mon père me regarde les sourcils froncés, puis il éclate de rire.

— Fiou ! Pendant quelques secondes, j'ai cru que tu allais me dire qu'Octave avait rencontré des extraterrestres.

— Euh… non… ç'a pas rapport. Alors, tu y crois, toi ?

— Tant que je n'en aurai pas vu un de mes propres yeux, j'aurai de la difficulté à y croire, répond mon père.

Sa réponse ne me satisfait pas.

— Est-ce que quelqu'un, sur la Terre, a vu un extraterrestre ?

— Il y en a qui prétendent avoir vu des engins bizarres survoler la Terre ou des traces du passage d'une soucoupe volante ici, mais, à ma connaissance, rien n'a été prouvé scientifiquement.

— Mais ça se peut ?

Mon père hésite. Quand il est embêté, il me répond toujours par une question.

— Mais pourquoi tu t'intéresses soudain aux extraterrestres, Hugo ?

— Euh… comme ça… en fait, c'est qu'on a un travail à faire sur ce sujet-là, à l'école.

— Vous avez encore des travaux de recherche à faire au mois de juin ? demande mon père, perspicace.

— Euh… c'est juste un texte qu'on doit écrire. Il faut imaginer à quoi ressemblerait un extraterrestre si on en voyait un sur la Terre.

Devant le silence de mon père, je persiste :

— Dis, papa, ça aurait l'air de quoi, un extraterrestre… si ça existait, bien sûr ?

— Bien, Hugo, c'est à toi d'utiliser ton imagination, je ne ferai pas ton travail à ta place !

Bon, me voilà bien avancé.

VI

DES ZLOUCS EXIGEANTS

Au cours de la fin de semaine, je suis allé plusieurs fois jusqu'à la rue Ranger, mais la caravane ne s'y trouvait plus. Les Zloucs étaient donc vraiment partis visiter une autre planète. Mais lundi matin, en me rendant à l'école, j'ai vu que la caravane était garée au même endroit. Après la classe, j'y suis revenu, tel que prévu.

De l'extérieur de la caravane, j'entends de grands éclats de rire. Tiens ! Ils sont capables de rire, les extraterrestres ! Mais dès que je frappe à la porte, les rires cessent.

— Allô, me dit Zouc. Toi, entrer vite, bip-bip.

— Pourquoi vous riiez tant avant que j'arrive ?

C'est pourtant une question simple, ça, quand on s'adresse à du monde normal. Quand quelqu'un nous demande pourquoi on rit, d'habitude, on le sait. Mais avec des extraterrestres, rien n'est pareil. Zim essaie de m'expliquer quelque chose de très compliqué :

— Nous, pas rire, bip-bip. Nous faire bruit avec gorge pour dégager électrostatique terrestre. Pas bon pour nous, bip-bip. Brouille magnético-transmetteurs pour communiquer avec planète à nous, bip-bip. Électro et magnético, pas compatibles dans atmosphère postsidéro-orbital…

— O.K., O.K., laissez tomber l'explication.

— Quand nous rire, bip-bip, faire ça.

Et Zim se met à se donner des tapes sur le ventre. Puis, ses deux compagnons en font autant.

— Et quand nous peur, bip-bip, faire ça.

Zim lève les bras en l'air et agite les mains. Encore une fois, Zac et Zouc imitent leur camarade. C'est ce qu'ils ont fait, hier, quand j'ai voulu m'approcher de leur ordinateur.

Puis, Zim change de sujet.

— Nous avoir fait expérience avec bonbons *Ne...* bip-bip, *Ne...* bip-bip, *Nerrrrrds* bip-bip, bip-bip, bip-bip ! Mais nous pas avoir assez boules étranges pour terminer expérience. Toi apporter nous encore *Ne...* bip-bip...

Avant qu'il ne se remette à bégayer, je prends la parole.

— Ça commence à coûter cher, cette expérience-là.

— Coûter cher, bip-bip ?

— Ben oui, sur la Terre, ça prend des sous pour acheter des bonbons. Ils ne tombent pas du ciel ! Et on ne vient pas au monde avec de l'argent dans nos poches !

— Nous venir au monde pas habillé, bip-bip, pas de poches, bip-bip, répond Zouc. Très important, expérience pour connaître monde ici. Toi, comprendre ça. Sinon, nous chercher autre Terrien pour aider, bip-bip.

C'est vrai que je suis un peu égoïste. J'ai une chance inouïe et je suis en train de faire des chichis pour une boîte de *Nerds* ! Je vais leur faire comprendre que je suis prêt à coopérer.

— Ça va, je m'excuse, ce n'est pas ce que je voulais dire. Demandez-moi ce que vous voulez, je m'arrangerai pour l'obtenir. C'est sûr que vous ne pouvez pas comprendre ces choses-là. L'argent est sûrement une invention des Terriens.

Zim, Zouc et Zac ont le sourire fendu jusqu'aux oreilles. Zouc se donne des tapes sur le ventre et dit :

— Nous, contents, bip-bip. Si toi être prêt à aider nous, nous oser demander autre chose.

Il regarde ses camarades en clignant des yeux avant de poursuivre :

— Nous avoir vu objet très intrigant avec ordinateur. Objet rond, plat et argenté, bip-bip, que Terrien met dans petit tiroir très mince qui ferme, *jlouc,* tout seul, bip-bip. Sur écran, nous voir bonshommes bizarres faire guerre, bip-bip. Enfants jouer avec ça, très excités. Nous pas comprendre. Vouloir essayer.

— Vous voulez parler du jeu *La Revanche des Mouc-Moucs*?

Zim, Zouc et Zac se regardent avec un grand sourire et font signe que oui avec leur tête.

— Je ne l'ai pas, ce jeu-là, que je leur annonce. Mes parents sont contre. Et puis, c'est le plus cher des jeux sur cédérom. Vous ne voulez pas étudier mes parents, à la place ? Je vous jure que vous en apprendriez beaucoup sur la race des parents. Parce que sur la Terre, il y a deux races : les parents et les enfants. Les enfants veulent s'amuser tout le temps, et les parents essaient tout le temps de les empêcher de s'amuser. Puis mes parents sont les pires spécimens de parents au monde !

Les trois Zloucs haussent les épaules. Mon idée d'offrir mes parents à la science ne semble pas les avoir impressionnés !

— Toi trouver ailleurs, bip-bip.

Je réfléchis. Octave non plus ne l'a pas, ce jeu-là. Mais je connais une fille dans ma classe qui le possède. C'est Fanny Lacombe. Je vais devoir la convaincre de me le prêter.

— Bon, je pense que je pourrai l'avoir. Mais vous ne pourrez pas le garder longtemps.

— Quelques jours, assez, bip-bip.

Le lendemain, je me débrouille pour parler à Octave de mon idée d'emprunter *La Revanche des Mouc-Moucs* à Fanny Lacombe. Il approuve mon idée.

— J'ai hâte que tu ne sois plus gardé comme un prisonnier, Octave. Je suis tanné de te parler en cachette.

— Tu penses que je suis pas tanné, moi ? En plus, chaque jour, le même interrogatoire recommence : *Vas-tu finir par nous dire où tu étais ? Tant que tu t'entêteras à garder silence, tu seras sous étroite surveillance.* J'ai tellement hâte de retourner voir les Zloucs.

VII

DRÔLE D'ORDINATEUR

Je savais que ce ne serait pas facile d'obtenir le cédérom de Fanny Lacombe. C'est le genre de fille qui ne veut jamais rien prêter. Elle arrive toujours à l'école avec des nouveaux trucs, des crayons neufs, des livres neufs et les poches remplies de gommes à mâcher. Tous les enfants la regardent avec envie, mais elle, elle fait semblant de ne rien voir. Alors, quand je lui ai demandé de me prêter son jeu pour deux jours, les négociations ont été très difficiles. Elle m'a fait promettre de faire tous ses devoirs de français d'ici la fin de l'année. Heureusement que nous sommes déjà en juin. Et en plus, elle a exigé que je la prenne dans mon équipe de soccer, cet été. Ça, c'est bien pire !

Les Zloucs ont l'air tellement heureux lorsque je leur apporte *La Revanche des Mouc-Moucs* ! Ça vaut tous les devoirs de français au monde !

— Il y a juste un petit problème, que je leur dis. Je dois rapporter le jeu vendredi matin. Je devrai donc venir le chercher demain, après l'école. Vous aurez juste une journée pour l'examiner.

Zim se fâche un peu.

— Pourquoi pas deux jours, bip-bip ? Nous embêtés.

— C'est pas ma faute. C'est Fanny Lacombe qui ne veut pas. Vous savez, les filles sur la Terre sont très compliquées ! C'est pour ça qu'Octave et moi, on ne se tient pas avec elles.

Pendant que je parlais, je voyais Zac qui tentait de calmer Zim. Il s'est empressé de dire :

— Un jour, O.K., bip-bip. Zim nerveux, bip-bip, à cause expérience importante pour planète à nous, bip-bip.

— Dites donc, vous n'oubliez pas mon voyage dans l'espace ?

— Non, non, bip-bip, toi premier Terrien venir sur planète à nous.

— Yé ! J'ai hâte !

— Nous parler à chef de la Terre, bip-bip, et demander permission.

— Euh… sur la Terre, il y a plusieurs… euh… chefs, que je précise. Puis il y a aussi des premiers ministres, des maires…

— Toi présenter nous à mère à toi, bip-bip, et nous dire que Hugo vient sur planète Zilouc.

Les Zloucs sont très souriants. Je crois qu'ils n'ont pas compris. Comment leur expliquer que j'aimerais mieux leur présenter le maire de Montréal que de révéler mes rencontres secrètes à ma mère ?

— Bon, on verra, on verra, que je leur dis, un peu dépité.

Avant de les quitter, je leur remets une nouvelle boîte de *Nerds*.

En passant devant la maison d'Octave, je vois mon ami accoudé à la fenêtre de sa chambre. Avec le pouce en l'air, je lui fais signe que tout va bien.

Le lendemain, après l'école, je fais mon arrêt quotidien à la caravane. Fanny m'a fait des signes toute la journée pour que je n'oublie pas son cédérom. Elle était tellement fatigante, même le professeur l'a remarqué.

— Fanny, a-t-il dit, qu'as-tu à faire autant de simagrées, aujourd'hui ? Pour une fois qu'Hugo est tranquille, laisse-le donc travailler en paix.

Lorsque Zim ouvre la porte de la caravane, je sens tout de suite que quelque chose ne va pas. Les trois extraterrestres ont la mine déconfite.

— Vous n'avez pas aimé le jeu ?

— Oui, bip-bip, beaucoup, répond tristement Zac.

— Alors?

— Nous avoir mauvaise nouvelle, bip-bip.

Ah non! J'espère qu'ils ne devront pas retourner bientôt sur leur planète. Ma gorge se noue.

Mais c'est une nouvelle encore plus surprenante que Zac m'annonce.

— Nous avoir, bip-bip, petit problème. Ordinateur à nous pas aimé jeu de guerre, bip-bip.

— Ben, c'est pas grave, que je dis pour les rassurer. Les ordinateurs, ça ne pleure pas. (J'avais le goût d'ajouter : Ce ne sont pas des Juliette Dansereau!) Si un ordinateur bloque, ça peut être un bogue, tout simplement. Vous avez juste à le redémarrer puis ça devrait rentrer dans l'ordre.

— Exactement, bip-bip, approuve Zac, les yeux tout ronds. Quand appuyer sur bouton, bip-bip, pour arrêter jeu… euh… bip-bip… bip-bip… euh… ordinateur à nous pulvérisé cédérom à toi.

— HEIN ? Qu'est-ce que tu dis ?

Zim, Zac et Zouc n'osent pas me regarder dans les yeux. Zac fixe plutôt mes oreilles, je crois, lorsqu'il répète :

— Pulvérisé ! Pssshhht ! bip-bip !

Zac continue à faire aller ses doigts comme s'il voulait imiter la lave qui sort d'un volcan. Moi, j'en ai le souffle coupé ! Ça ne se peut pas !

— Voyons ! Un ordinateur ne mange pas les cédéroms, quand même !

— Ordinateur de planète Zilouc pas pareil, bip-bip. Si pas content, bip-bip, ordinateur libère gaz chaud, bip-bip, très chaud, bip-bip, et détruit objet ennemi, bip-bip.

Je regarde en direction de leur ordinateur, comme si celui-ci pouvait me dire « Oui, oui, c'est vrai ». C'est alors que Zouc me surprend. Il me donne une accolade maladroite :

— Toi, bip-bip, excuser nous à Octave.

— C'est pas Octave qui a le problème, c'est moi !

Je sors de la caravane un peu découragé. Il faut que je parle à Octave. Alors que je referme la porte, Zouc la retient et me dit :

— Toi revenir plus tard, bip-bip, nous trouver idée, bip-bip, bonne idée.

VIII

RIEN NE VA PLUS

En arrivant chez moi, je prends le téléphone sans fil et je cours me réfugier dans la salle de bains. J'appelle chez Octave en me croisant les doigts pour que ce soit lui qui réponde. Youppi ! C'est lui.

— Octave, faut que je te parle.

— Vas-y ! Ma mère est sortie faire une course et mon frère n'est pas arrivé encore.

— Alors viens me rejoindre dehors.

— Oh non, s'exclame Octave. J'ai trop peur que ma mère revienne et voie que je suis sorti.

Mon ami est toujours aussi brave !

— Bon, bien, écoute ça : veux-tu savoir ce qui est arrivé au cédérom de Fanny Lacombe ?

— Euh… oui…

— Pssshhht ! Pulvérisé !

Je raconte à Octave, du mieux que je peux, les explications que m'ont données les extraterrestres.

— C'est plate, dit-il sur un ton presque indifférent.

C'est tout ce qu'il trouve à dire !

— Betterave marinée, Octave Dansereau, tu pourrais dire autre chose ! Tu sais ce qui m'arrive ? Je vais devoir dire à Fanny que j'ai perdu son cédérom, et, en plus, je serai quand même obligé de faire ses devoirs de français.

— Engueule-moi pas, c'est pas ma faute.

— Qui est allé voir les Zloucs en premier ?

— T'avais juste à ne pas y retourner. Je t'ai pas forcé.

— Non, mais t'étais trop *pissou* pour y aller toi-même.

— Comment voulais-tu que j'y aille moi-même ? Je suis comme un vrai prisonnier.

— Ah oui ? T'es tout seul à la maison pis t'oses même pas mettre le nez dehors !

— Tu te penses toujours plus fin que les autres, hein, Hugo Pelletier ?

— Ah, tu m'énerves !

Je raccroche. Je suis enragé. J'ouvre la porte de la salle de bains comme si je voulais l'arracher. Ma mère, qui m'a vu faire, s'écrie :

— Bon sang, Hugo, à qui tu parlais pour te mettre dans un tel état ?

— PERSONNE !

Je vais m'enfermer dans ma chambre. Mes yeux se transforment en fontaine. Mes larmes goûtent la colère. Pourquoi tout va si mal ? Je pensais être le garçon le plus chanceux de la Terre, je pensais vivre une expérience unique, mais au lieu de ça, c'est un gâchis. En plus, je me suis même disputé avec mon meilleur ami. C'est la première fois que ça arrive. Peut-être qu'Octave ne voudra plus jamais me parler. Et comment je vais expliquer ça à Fanny ? Elle va vouloir que je lui achète *La Revanche des Mouc-Moucs* pour remplacer son jeu. Mais je n'ai pas d'argent, moi. J'ai un compte en banque, mais ça prend la signature d'un de mes parents pour retirer des sous.

Je pleure un bon bout de temps sur mon lit. Puis, je me dis que je n'ai rien à perdre à retourner voir les Zloucs pour leur demander de m'aider. Leur super génial ordinateur « bouffeur » de cédéroms doit bien être capable de faire autre chose que de pulvériser des supposés ennemis !

Je sors dehors en criant d'un seul souffle :

— Maman, je vais faire un tour, O.K. ? Je reviens pour le souper.

Et je n'attends pas la réponse.

En me dirigeant vers la rue, je vois qu'Octave m'observe par la fenêtre de sa chambre. Lorsqu'il voit que je lève la tête vers lui, il recule. Mon cœur se serre un peu.

Je frappe trois coups sur la porte de la caravane. J'entends des chuchotements, puis la porte s'ouvre.

— Ah, Hugo, content de voir toi, bip-bip. Toi entrer.

C'est drôle… ça sent les chips au vinaigre dans la caravane. Je n'ai pas le temps de questionner les Zloucs au sujet de cette odeur, car Zim me dit :

— Nous avoir idée, bip-bip. Nous essayé truc, bip-bip, avec ordinateur. Toi sauvé. Problèmes finis.

— Ah oui ?

Visiblement excité par son idée, Zim enchaîne :

— Avoir imprimante, bip-bip, pour copier dollars de la Terre, bip-bip.

— Dollars ? Quels dollars ?

— Dollars que toi apporter nous, bip-bip.

— Je ne comprends pas. Que veux-tu dire, au juste ?

— Toi apporter nous 20 dollars de la Terre, bip-bip. Ordinateur faire beaucoup 20 dollars pareils, bip-bip, pareils, bip-bip, pareils, bip-bip.

— Hein ! C'est illégal ! Sur la Terre, on ne peut pas faire des choses comme ça !

Les Zloucs se regardent, l'air penaud. Soudain, le regard de Zouc s'illumine.

— Toi apporter 20 dollars, bip-bip, nous donner toi dollars pour acheter jeu de guerre, bip-bip. Pas plus. Toi, après, rapporter premier 20 dollars. Fini, bip-bip. Pas illégal.

Je réfléchis à ce que Zouc propose. Dans le fond, si ça fonctionne, son idée n'est pas bête. Je prendrais juste l'argent qu'il me faut pour acheter *La Revanche des Mouc-Moucs*. Je le remets à Fanny

Lacombe et tout est réglé. Par contre, il faut que je trouve 20 dollars.

— Je crois qu'on peut essayer ça. De toute façon, je n'ai plus rien à perdre. Je vous apporterai les 20 dollars demain matin, avant d'aller à l'école. Mais il faudra me les rendre dans l'après-midi, parce que demain, c'est vendredi, la dernière journée d'école de la semaine.

Les trois Zloucs sourient et acceptent ma condition. Ils ajoutent quelque chose qui me comble de bonheur.

— Si Hugo pas école, bip-bip, après-demain, bip-bip, nous faire voyage dans espace, bip-bip, avec toi.

— Oh wow! C'est vrai? Nous allons voir la Terre de loin?

— Oui, oui, répond Zac. Vrai voyage dans espace, bip-bip.

Les trois Zloucs se donnent des tapes sur le ventre. Moi aussi, ma bonne humeur est revenue. Allons à la recherche des 20 dollars, maintenant.

Je me creuse les méninges jusqu'à la maison. Où puis-je trouver 20 dollars, ce soir ?

Avant d'entrer chez moi, j'aperçois le frère d'Octave qui sort de chez lui. C'est alors que j'ai une très bonne idée.

— Hé, Nicolas !

Il vient à ma rencontre à pas de tortue.

— Salut, Nicolas. J'ai un service à te demander.

— Ouais.

Nicolas a quinze ans. Il a l'air d'avoir grandi trop vite. Il garde toujours les mains dans les poches de son pantalon. Et on dirait que, en même temps qu'il grandit, il perd peu à peu l'usage de la parole. Lorsque je le rencontre et que je le salue, il me répond toujours : « …lut ». Si je lui pose une question, sa réponse est « ouais » ou « nan ». Nos conversations se limitent habituellement à cela.

— Euh… Nicolas, j'aimerais acheter un petit cadeau à Octave. Je trouve ça triste qu'il soit enfermé dans sa chambre et je voudrais lui offrir quelque chose pour lui changer les idées.

— Ouais.

— Je me demandais si tu pouvais pas me prêter 20 dollars jusqu'à demain soir ?

— Nan.

— Nicolas ! Je te les remets demain, je te le promets !

— …

Je sens qu'il hésite.

— S'il te plaît ! Pense à Octave. Il va sûrement rester encore toute la fin de semaine dans sa chambre. Il va pleurer, il va être déprimé, il va… il va… il va peut-être même songer à faire une fugue !

Nicolas soupire. Il sort finalement une main de sa poche et retire un billet de 20 dollars de son porte-monnaie.

— Oh merci, Nicolas ! T'es vraiment super ! T'es un frère super *cool* !

— Ouais.

Nicolas s'en va. Je suis soulagé d'avoir

trouvé l'argent si vite. C'est sûr que j'ai raconté un petit mensonge, mais c'est tout de
même un peu la faute d'Octave si je suis
dans ce pétrin-là. Alors je me dis que mon
petit mensonge était permis…

IX

MAUVAISE SURPRISE
POUR HUGO

Le lendemain matin, j'arrête quelques secondes à la caravane des Zloucs, le
temps de leur remettre le billet de 20 dollars.

Ensuite, dans la cour d'école, Fanny Lacombe m'attend de pied ferme.

— Alors, Hugo, tu as mon jeu ?

— Euh… je l'ai oublié chez nous.

Sans lui laisser le temps de riposter,
j'ajoute très, très vite :

— Mais j'irai le porter chez toi demain, si tu veux…

— Alors ce sera aussi les devoirs de
maths !

Elle tourne les talons et va rejoindre ses amies. Quelle sans-cœur !

Toute la journée, lorsque Fanny passe à côté de moi, elle lève le nez en l'air et ne me regarde pas. Ce que je trouve plus difficile, c'est qu'Octave fait la même chose lorsque je le rencontre à nos cases. Alors moi aussi je leur montre que je suis capable de bouder !

À cause d'une panne du système de ventilation de l'école, la journée se termine plus tôt. À deux heures, M. Bélanger dit à tous les professeurs d'envoyer les élèves chez eux. Moi, ça fait mon affaire. J'aurai plus de temps pour récupérer mon argent et pour aller acheter *La Revanche des Mouc-Moucs.*

Je me rends directement rue Ranger. Lorsque j'arrive à la caravane, j'entends encore de grands éclats de rire. J'avance doucement sans faire de bruit. La porte est entrouverte. Je me mets en petit bonhomme à côté. J'entends très bien Zim, Zac et Zouc parler. Sauf qu'ils ne parlent pas comme d'habitude. Ça me prend quelques phrases avant de comprendre vraiment.

— T'en mets un peu trop.

— Il va commencer à avoir des doutes.

— Ben non, il a cru tout le reste, il va continuer à avaler tout ce qu'on lui dit.

— Écoute, moi, je suis d'accord pour garder ses 20 dollars, mais je suis pas d'accord pour lui demander d'autre argent. S'il découvre ce qu'on fait, on est cuits !

— Ah, les gars ! On a un poisson qui mord, laissons-le pas filer !

— Je te répète que c'est risqué. On a eu assez de choses de lui, maintenant c'est le temps de passer à un autre. On lui fait le gros drame cet après-midi quand il va venir ; toi, Zac, t'es bon pour ça. C'est toi qui vas lui annoncer la mauvaise nouvelle, hi, hi, hi ! Il va brailler comme un bébé, le petit !

Je suis assommé par ce que j'entends. Je me sens ridicule, tout à coup, d'avoir cru ces… ces… ces horribles Terriens-là. Moi, un poisson ? Ils ont peut-être raison mais ils n'auront pas le dernier mot. Ah non, ça ne se passera pas comme ça ! Betterave marinée de betterave marinée !

Première chose, je dois gagner du temps. Je vais continuer à marcher dans leur jeu comme si je n'avais rien entendu. Je m'éloigne discrètement de la caravane et je fais comme si je venais d'arriver.

TOC ! TOC ! TOC !

— Ah ! Toi entrer, pauvre Hugo, bip-bip.

— Vous avez bien l'air triste ! que je leur dis en prenant mon air le plus naïf.

Zac s'éclaircit la gorge avant de faire son numéro.

— Toi peut-être fâché, bip-bip. Nous encore mauvaise nouvelle, bip-bip, encore gros-méga-giga problème avec ordinateur. Machine pas bonne, bip-bip.

Je me croise les bras et j'attends la suite. Je n'ai pas l'intention de lui rendre la vie facile.

Zac poursuit son explication.

— Euh… bip-bip… ordinateur pas reconnu argent de la Terre, bip-bip. Ordinateur penser danger…

Je rétorque du tac au tac :

— Les ordinateurs, ça ne pense pas !

Zac est un peu surpris, mais il réussit à s'en sortir.

— Sur planète à nous, ordinateurs pensent, bip-bip, ordinateurs ont cerveaux comme nous.

— C'est ce que je disais. Les ordinateurs ne pensent pas !

Je ris dans ma barbe, même si je n'ai pas de barbe. Les trois ont presque de la fumée qui leur sort par les oreilles ! Au moins, je m'amuse.

— Alors, qu'est-ce qui est arrivé à mon 20 dollars ? L'ordinateur l'a avalé ?

C'est encore Zac qui répond. Il est vraiment le spécialiste des drames !

— Avalé et digéré, bip-bip. Nous avoir beaucoup peine, bip-bip. Nous pas faire bonnes expériences ici. Nous aller sur autre planète, bip-bip.

— Et qu'est-ce que je vais faire, moi ? Vous m'avez bouffé des bonbons, un cédérom, 20 dollars, et en retour je n'ai même pas eu de voyage dans l'espace !

— Oh, voyage pas problème, toi revenir demain, bip-bip. Nous préparer décollage à midi, bip-bip, bip-bip.

— O.K., à midi je serai ici.

Ce qu'ils peuvent être menteurs ! Je repars de là au pas de course. Ça me défoule un peu. Tout en courant, je me dis que mon histoire va de plus en plus mal. Non seulement je ne pourrai pas rendre *La Revanche des Mouc-Moucs* à Fanny demain, mais je vais devoir expliquer à Nicolas que je n'ai plus ses 20 dollars et que je n'ai pas de cadeau pour Octave. Si mes parents apprenaient ça, je subirais le même sort que mon ami. Ou pire encore ! Alors maintenant, ce n'est pas une bonne idée que ça me prend, c'est un miracle !

Arrivé au coin de rue avant notre maison, je vois Nicolas appuyé contre un poteau, les mains dans les poches, comme d'habitude.

— Je t'attendais, qu'il me dit.

— Ah oui ? Je t'avais dit ce soir pour…

— C'est pas pour les 20 dollars. Octave m'a tout raconté. Il a peur qu'il t'arrive quelque chose… et puis… il n'a pas le goût de passer encore toute la fin de semaine dans sa chambre. Alors, il veut tout dire aux parents. Je voulais te prévenir.

Ça fait drôle d'entendre Nicolas dire autre chose que « ouais », « nan » et « …lut ». Je suis heureux de voir qu'il est encore capable de faire des phrases complètes !

— Hein ? Il est fou ! Il ne va quand même pas tout raconter à vos parents ! Pas maintenant !

— Comment ça, pas maintenant ?

C'est à mon tour de raconter à Nicolas les derniers événements. Comment les

faux Zloucs m'ont soutiré le cédérom de Fanny et les 20 dollars.

— Ils m'ont eu et je veux leur faire payer ça, que je dis, déterminé à avoir MA revanche.

— Où était garée la caravane ?

— Rue Ranger, pas loin de la pharmacie.

— Ah oui ? Et les trois gars étaient identiques ? demande Nicolas, pris d'une soudaine excitation.

— Oui, c'est ça. Les trois ont exactement le même visage.

— Je les connais ! C'est les triplés Côté ! Je suis sûr que c'est eux ! La semaine, la caravane est toujours devant leur maison.

— Ça veut dire que leurs parents étaient tout près ?

— Leurs parents ont un restaurant. Ils ne sont pas souvent chez eux. Ah, les sacripants ! Ils passent leur temps à faire des mauvais coups à l'école. Ils ne se font jamais prendre parce que les surveillants n'arrivent pas à identifier lequel des trois a fait le coup. Moi, ils m'ont déjà volé mon ballon de *basket*. Ça fait que, moi aussi, je voudrais leur faire payer ça.

— Il faut que tu commences par convaincre Octave de ne pas parler tout de suite. Dis-lui d'attendre à demain midi. C'est à cette heure-là que j'ai rendez-vous à la caravane pour mon supposé voyage spatial.

— Ouais, t'as raison, Hugo. Je vais parler à Octave. Ensuite, j'irai voir Julien. C'est un stagiaire en éducation physique à l'école, un gars super correct qui demeure pas loin d'ici. Je suis certain qu'il va accepter de nous aider. Bon, on se retrouve ici à sept heures, ce soir.

UN VOYAGE… SPATIAL

À sept heures précises, je retrouve Nicolas au coin de la rue.

— Octave a accepté d'attendre à demain midi pour parler aux parents, me dit-il aussitôt.

— Lui as-tu raconté ce qui m'était arrivé ?

— Ouais. Il regrette de t'avoir entraîné là-dedans.

— Pour vrai ?

Octave est peut-être encore mon ami, après tout.

— Je pense bien, répond Nicolas en haussant les épaules. Julien a accepté de nous aider. On a conçu un plan ensemble. Je t'explique ça.

En terminant la présentation de son plan, Nicolas ajoute :

— Julien a exigé une chose. Il veut qu'on avertisse la police avant de partir.

— Mais la police va vouloir venir tout de suite !

— On va l'appeler juste avant le départ pour notre voyage spatial, puis on va lui dire où on va atterrir. En fait, on va lui dire qu'elle va pouvoir pincer trois malfaiteurs à tel endroit, à telle heure.

— Bon, O.K. On se rencontre à quelle heure demain matin ?

— À dix heures, au coin de la rue Ranger, devant la pharmacie. Fais attention pour qu'ils ne te voient pas.

— C'est sûr ! Pour qui tu me prends ? Les grands s'imaginent qu'à dix ans, on n'a pas de cervelle !

Je reviens chez moi un peu soulagé, même si la journée de samedi risque d'être difficile. Au moins, j'ai de l'aide et je n'affronterai pas seul les Zloucs.

Samedi matin, je me réveille à sept heures. Je trouve le temps long jusqu'au moment de partir pour notre expédition. Ma mère trouve que je suis toujours « dans ses jambes », comme elle dit. Mon père, lui, est parti acheter des arbustes à la pépinière. À dix heures moins le quart, il est donc facile de m'éclipser pour aller rejoindre Nicolas et Julien.

Ils sont déjà arrivés à notre lieu de rencontre. De notre poste d'observation, on peut voir que les triplés sont en train de plier bagages. Ils sortent des boîtes de la caravane et les apportent à leur maison. Tiens, tiens ! Voilà l'analyseur de bonbons terrestres… et le super étonnant ordinateur-pulvériseur de la planète Zilouc !

— Regardez-les donc faire, je chuchote, horrifié, à Nicolas et à Julien. Je serais arrivé ici à midi pour me rendre compte qu'ils avaient levé le camp.

— Il n'y a pas de temps à perdre, décide Julien.

L'opération « voyage spatial » commence !

Pendant que les triplés sont dans la caravane, je me précipite vers celle-ci et je frappe à la porte. Zim m'ouvre, l'air plutôt mécontent. Avant qu'il ne réagisse, j'entre et je referme la porte.

— Hé ! Que fais-tu ici ? On t'avait dit midi !

— Tiens, vous parlez comme des Terriens, maintenant ?

— Euh… Nous surpris, bip-bip, répond Zac. Nous apprendre vite langage des autres, bip-bip.

— Ah oui ? Je suis venu plus tôt parce que j'étais trop impatient d'aller dans l'espace. On peut partir tout de suite ?

Au moment où je dis ces mots, Nicolas et Julien appliquent de grands cartons noirs sur les fenêtres de la caravane. Ensuite, ils entourent la caravane d'un épais ruban adhésif que Julien a pris dans l'atelier de son père. De cette façon, il est impossible d'ouvrir la porte.

Les triplés se regardent. Ils savent maintenant que quelque chose ne tourne pas rond. Zim se précipite sur la porte et tente de l'ouvrir. Il la secoue de toutes ses forces. Puis, il me regarde, l'air menaçant :

— Qu'est-ce qui se passe ? Qui est dehors ?

Je hausse les épaules, en ayant l'air aussi innocent que possible.

— Je le sais pas. Est-ce que c'est la préparation pour le départ ? C'est comme ça que la caravane se transforme en vaisseau spatial ?

Les trois Zloucs s'agitent dans tous les sens. Ils essaient de voir par la fenêtre, mais c'est tout noir. Ils allument une lampe à piles. À les voir s'énerver ainsi, ils ont vraiment l'allure d'extraterrestres ! Moi, je sais que pendant ce temps-là, mes deux complices préparent l'engin pour le grand voyage ! Julien a emprunté la jeep de son père. Comme ils ont, eux aussi, une caravane, la jeep est munie d'une boule à l'arrière, ce qui permet d'y attacher la caravane des Zloucs. Ça brasse un peu, ce qui fait s'énerver encore plus les triplés. Et lorsque la caravane démarre, c'est la panique totale à bord !

— Hé ! Qu'est-ce qui nous arrive ?

— Comment ça se fait qu'on bouge ?

— Qui a fait ça ?

— Où on va ?

Je m'amuse comme un fou. Je me tape le ventre. Les Zloucs me regardent faire et ne savent pas encore si je me moque d'eux ou si je suis le pauvre naïf qui croit faire un voyage spatial.

— Dis donc, Hugo, c'est quoi cette histoire ?

— Quoi ? C'est le voyage que vous m'aviez promis, non ? On va décoller bientôt ?

Ils ne savent vraiment pas si je suis dans

le coup. Et ça les inquiète encore plus ! Ils marchent en rond, ou plutôt ils se piétinent, car l'espace est restreint.

— T'en avais parlé à quelqu'un, Hugo ?

— Parler de quoi, bip-bip ?

— Bon, ça va, on n'est pas des extraterrestres. T'es content, là ? OÙ EST-CE QU'ON NOUS AMÈNE ?

Oh, là, là, Zac est très fâché ! Moi, je fais celui qui ne comprend plus rien. Comment ça, ce ne sont pas des extraterrestres ? Qui sont-ils, alors ? Où sont mon argent et mon cédérom ? Où va-t-on, comme ça ? Je les bombarde de questions et finalement, personne ne répond à personne. Les triplés sont écrasés sur la banquette, comme des… des… des *Teletubbies* dégonflés ! En tout cas, ce n'est pas moi qui ai l'air d'un bébé, en ce moment.

Au bout de trente minutes, la caravane s'immobilise. Julien avait choisi un terrain vague dans l'est de la ville. Autour, il n'y a rien. On se croirait seuls au monde. Tout en enlevant le ruban adhésif qui gardait la porte fermée, Nicolas annonce à l'aide d'un porte-voix :

— Bienvenue sur la planète Zilouc ! Sortez du vaisseau spatial avec tous les objets que vous avez dérobés aux Terriens !

La porte s'ouvre brusquement. Nicolas et Julien sont là, l'air triomphant. Les triplés sont rouges de colère. Ils reconnaissent les deux chauffeurs qui viennent de leur donner une bonne frousse.

Nicolas tend la main ouverte :

— Mon 20 dollars, s'il vous plaît, messieurs Côté !

À contrecœur, Zim sort un billet de sa poche et le tend à Nicolas. Au même moment, une voiture de police arrive en trombe, les gyrophares qui tournent. Le visage des triplés passe du rouge au blanc en quelques secondes.

Un policier et une policière descendent

rapidement de leur véhicule. Betterave marinée ! Les mêmes qui étaient chez Octave l'autre jour ! Le policier m'aperçoit.

— Tiens, tiens ! On se retrouve, dit-il en se dirigeant vers nous.

Heureusement, Julien prend la parole et explique aux policiers les événements des derniers jours. Nous avons à subir toute une litanie de reproches de la part des policiers : nous aurions dû avertir la police dès le début, nous avons incité Octave à ne pas parler, nous avons pris des risques, etc. Même la policière, qui semblait pourtant plus gentille, nous jette des regards furieux. C'est surtout Julien qui se fait semoncer parce que c'est le seul adulte et qu'il n'aurait pas dû entraîner des jeunes dans cette aventure-là. Bref, nous avons tous le menton baissé et regardons nos pieds.

— Toi, le grand, tu vas ramener la caravane à sa place, conclut le policier. Les triplés, vous montez dans notre voiture. On s'en va voir vos parents. Et toi, dit-il en me désignant du doigt, j'irai voir tes parents plus tard.

Il a l'air d'avoir hâte de me dénoncer. Ouille ! Ça va chauffer !

11

UNE VRAIE MISSION… SPATIALE!

Ce qui nous a un peu sauvés, Octave et moi, c'est que nos parents se sont engueulés comme du poisson pourri. Les parents d'Octave accusaient les miens de ne pas me surveiller d'assez près, d'être devenus trop permissifs après ma fugue. Selon eux, j'aurais une mauvaise influence sur leur « petit trésor chéri », comme l'appelle Mme Dansereau. Mes parents, eux, prétendaient que c'était Octave qui m'avait mis dans ce pétrin-là et que ça aurait pu mal tourner. Alors, pendant qu'ils se chicanaient, nous, au moins, on avait la paix.

Octave a pu enfin sortir de sa chambre.

Ce fut mon tour d'aller dans la mienne pour le reste de la fin de semaine. La bonne nouvelle, c'est que, quand les policiers sont venus voir mes parents et ceux d'Octave, ils ont rapporté le cédérom de Fanny.

Le récit de nos aventures a fait rapidement le tour de l'école. Lorsque Fanny a appris que j'avais été assez brave pour affronter des grands de 15 ans, elle a décidé de laisser tomber les devoirs que je devais faire pour elle. Mais pas le soccer, betterave marinée !

Lundi après-midi, au retour de l'école, je rencontre Octave devant chez lui. Toute la journée, on s'est évités. Mais là, on n'a plus le choix, on doit se parler. Je m'arrête devant lui et je fais mine de tasser des roches avec mes pieds. Octave fait la même chose. On ne se regarde pas.

Son frère passe à côté de nous.

— Salut, Nicolas, je lui lance.

— ...lut.

Nicolas a retrouvé ses habitudes. Il

marche les mains dans les poches et nos conversations ont repris leur allure d'avant.

Bon, il faut bien qu'un de nous deux parle en premier.

— Euh… Octave, je pensais pas ce que je t'ai dit, l'autre jour.

— Quoi?

— Que… que… euh, je m'en souviens plus.

— Moi non plus.

On se regarde enfin et on pouffe de rire. Puis, on se donne une accolade, une vraie, pas une accolade de Zloucs!

La fin de semaine suivante, mon père me reparle des triplés. Il veut être sûr que je ne me laisserai plus prendre par des mauvais tours d'adolescents. Et surtout, que je ne lui ferai plus de cachotteries au sujet de mes allées et venues.

Je lui demande :

— Est-ce que les triplés seront condamnés à la prison?

— Non, ils sont trop jeunes pour aller

en prison. Mais ça ne s'arrêtera pas là. On fera plutôt de la prévention avec eux, pour veiller à ce qu'ils ne recommencent pas. Et je crois que leurs parents auront compris qu'ils doivent surveiller de plus près les activités de leurs fils.

— Toi et maman, est-ce que vous êtes encore en chicane avec les parents d'Octave ?

— Oui, on va même déménager, me répond mon père sur un ton qui semble très décidé.

Devant mon air stupéfait, il me fait un clin d'œil et dit :

— Hugo, cesse de croire tout ce qu'on te dit !

— Je crois pas tout ce qu'on me dit, bon, que je réponds, vexé.

— C'est des blagues. En fait, on a fini par se calmer et par se parler de façon plus civilisée. Et on s'est même mis d'accord sur une chose.

— Ah, oui ? Quoi ?

— Devant votre intérêt pour l'espace,

nous avons tous décidé de vous envoyer, Octave et toi, passer une semaine au camp spatial du Cosmodôme, cet été.

— Un camp spatial ? Ça mange quoi, ça ?

— C'est un camp pour les jeunes, qui vous fera vivre des expériences telles qu'en vivent les astronautes. Vous suivrez des ateliers, vous aurez un entraînement d'astronautes et vous aurez même la chance de vivre une mission spatiale simulée à bord d'une navette.

Puis, sarcastique, il ajoute :

— Je ne crois pas qu'il y aura des extraterrestres, par contre.

— Dis, papa, est-ce que tu crois que ça existe, la planète Zilouc ?

FIN

TABLE DES MATIÈRES

MISE EN PAGES ET TYPOGRAPHIE : LES ÉDITIONS DU BORÉAL

ACHEVÉ D'IMPRIMER EN MARS 2000
SUR LES PRESSES DE L'IMPRIMERIE AGMV MARQUIS
À CAP-SAINT-IGNACE (QUÉBEC).